© Nathanaël AMAH , 2021(**J9CR1M2**)

Couverture : L'auteur.

Du même auteur :

(E-books &   version papier)

- Somewhere in Vladivostok
- Harcèlement   *(éd. BOD)*
 - Harassment   *(éd. BOD)*
 - Acoso   *(éd. BOD)*
- Neith (La mystérieuse Nubienne)   *(éd. BOD)*
- The Nubian (The mysterious Neith)   *(éd. BOD)*
- Les macarons   *(éd. BOD)*
- La veuve PLYNN   *(éd. BOD)*
- Instants ultimes   *(éd. BOD)*
- Que dire de plus ?   *(éd. BOD)*
 - Cousine !   *(éd. BOD)*
 - Tu n'es pas la femme de l'homme
                que je suis   *(éd BOD)*
- The day after in London   *(éd BOD)*
- Londres : le jour d'après   *(éd BOD)*
- Ma dernière nuit en Sibérie   *(éd BOD)*
- My last night in Siberia   *(éd BOD)*
- Faces   *(éd BOD)*
- Facettes   (éd BOD)
- GESICHTER   (éd BOD)
- The fragrant book   (éd BOD)
                (www.bod.fr)

« *La femme est une fleur qui ne donne son parfum qu'à l'ombre.* »

(sagesse bouddhiste)

LE LIVRE PARFUMÉ

Roman

1

Département « Stratégie Commerciale » dans les locaux d'un grand groupe dans le quartier de Paris la Défense.

Au quatorzième étage de la tour nord, effervescence des grands jours : répétition générale avant l'arrivée des experts ISO pour le renouvellement de la certification ISO 9002 *(production, installation, assistance, après vente)*.

En marge de cet événement qui crée une

tension palpable *(le renouvellement de la certification étant la priorité des priorités)*, le développement à l'international est dans une phase critique.

En effet, la concurrence chinoise donne des sueurs froides à la direction du groupe, et le pompier chargé d'éteindre le feu : Roland !

Roland P, chef de division, valeur montante du groupe, est cette personne frêle aux cheveux roux et à la barbichette de la même couleur, que l'on aperçoit dans toutes les réunions, du matin au soir.

C'est celui qui arrive avant tout le monde et qui part après tout le monde.

C'est celui à qui le DG téléphone habituellement à 23 heures, sans se soucier de l'heure tardive.

C'est celui à qui le DG demande une réflexion de fond sur une idée qui vient de lui traverser l'esprit en pleine nuit.

C'est celui qui ne sait pas dire « NON » .

Un jour arriva ce qui devrait arriver.

Le Burn out.

En ce début de semaine, après un week-end studieux et à peine trois heures de sommeil *(comme à son 'habitude)*, Roland ne put se lever et se préparer pour se rendre à son travail.

Il est cloué au lit dans un état de fatigue extrême.

Ses yeux sont rivés au plafond de sa chambre, les bras croisés sur sa poitrine. Il a du mal à respirer. Ses oreilles bourdonnent.

Sa tension artérielle est vertigineuse, Il ne comprend pas ce qu'il lui arrive. Il n'a plus de jus. Il est incapable de réagir.

Il semble « débranché ».

La gardienne de l'immeuble qui vient faire le ménage et le repassage deux fois par semaine dans son appartement, s'aperçut bien vite de la gravité de la situation.

SOS Médecin appelé à son chevet, pose le diagnostic et prescrit un repos complet à la grande satisfaction de la gardienne qui connaît un peu la vie de ce locataire qu'elle considère comme son fils.

Si son fils avait échappé à cet accident de voiture qui l'emporta, il aurait eu l'âge de Roland, sur lequel elle a reporté toute son affection.

Grâce à la présence de Roland dans sa vie, elle réussit à se sortir de son addiction à l'alcool qui lui avait coûté son travail.

La vie de cette brave dame a été une succession de drames. Son fils a péri dans un accident de la circulation, son époux qui n'avait pas supporté la perte de son fils, s'est laissé mourir au sens propre du terme.

Ces deux drames coup sur coup, ont eu raison de son aversion à consommer de l'alcool. Son papa était un alcoolique et sa maman avait été très malheureuse pendant des années.

Alors, du matin au soir, elle ne désaoulait pas. Ses économies, puis sa maison, tout a été englouti dans l'alcool.

Puis, contre toute attente, elle finit gardienne d'immeuble. Une chance pour elle, elle qui avait passé quelques nuits sous les ponts à Paris dans un état de délabrement physique avancé.

2

Malgré la prescription du médecin, les appels téléphoniques continuaient d'affluer, matin, midi et soir.

Roland, tel un soldat bien dressé mais néanmoins diminué, continuait malgré tout à dispenser ses conseils par téléphones interposés ce, au grand désespoir de son ange gardien, maman Christine.

En lui apportant du potage un soir, maman

Le livre parfumé

Christine le trouva de plus en plus épuisé. Son teint est pâle. Il tient à peine debout. Sur son lit, des dossiers éparpillés, témoignent de cette activité intense qui n'a jamais cessé malgré son arrêt maladie.

Alors elle décida de prendre le taureau par les cornes. Il faut faire quelque chose.

Ce n'est plus la gardienne, mais la maman de substitution qui a décidé d'agir. Ce n'est plus le locataire, mais le fils de substitution qui doit obéir à maman.

Sa décision est prise. Roland doit quitter Paris.

Mais pour aller où ?

Probablement dans un coin reculé de la France, suffisamment reculé pour qu'il ne puisse se connecter à un réseau téléphonique.

Un coin de France avec trois ou quatre maisons, deux ou trois vaches dans les prés, une dizaine de moutons, un assortiment de moustiques et de mouches pas trop farouches, une église au milieu du village, une boucherie, une épicerie faisant office de dépôt de pains et *(c'est essentiel)* de la verdure à perte de vue. De l'oxygène, beaucoup d'oxygène C'est tout. Rien d'autre.

Il faut que Roland disparaisse des radars.

Maman Christine réfléchit un moment, et se souvient d'une de ses cousines qui possède une maison d'hôtes à la campagne.

Roland est perplexe.

Il a toujours vécu à Paris. La campagne, il ne connaît pas trop.

De plus, pour lui « campagne » = « bouse de vache », = « mouches, moustiques, insectes, … », = « mauvaises odeurs » etc … .

Pas mieux à Paris avec les émissions quotidiennes de gaz d'échappements, mais ce n'est pas grave. Pour lui, Paris c'est Paris. Rien ne peut remplacer Paris.

Il est typiquement parisien et viscéralement citadin.

Il est né à Paris, il a étudié à Paris, il travaille à Paris la Défense. Alors pour lui, quitter Paris serait un vrai déracinement et il ne se sent pas prêt à quitter cette ville même pour une ou deux semaines.

Dominer cette peur est au-dessus de ses forces. Pourtant, à regarder de près son mode de vie *(qui se résume à donner sans compter son temps à cette entreprise qui le suce jusqu'à la moelle y compris jusque sur son lit de malade)*, il est difficile de comprendre cette réticence à quitter Paris pour recouvrer la santé.

Issu de parents immigrés venus de l'Europe de l'est, Roland avait tellement entendu sa maman raconter les affres de ce déracinement qu'elle a subi en quittant sa Georgie natale.

Ses récits avaient eu un tel éffet sur lui qu'il a fait de l'ancrage un art de vivre, à la manière d'un mollusque qui se fixe et se maintient sur le premier rocher qui se trouve sur son chemin malgré la violence des vagues qui viennent se fracasser contre ce rocher.

Les frustrations de sa mère qui n'avait pas réussi *(ou voulu)* ce retour au pays, l'ont profondément marqué.

Les spécialistes en psychologie, pourront expliquer en termes plus savants, cette sensation de perdition lorsque tout à coup, les gens sont confrontés à la nécessité ou à l'obligation de se délester de leur passé, à commencer par l'oubli volontaire ou forcé de leur langue maternelle.

Roland n'avait jamais entendu parler la langue russe à la maison.

Une volonté pour ses parents de le protéger contre le déchirement lorsque adviendront des événements qui pourront le pousser à expérimenter ces angoisses qu'ils ont eux-mêmes éprouvées en arrivant en France.

La proposition inattendue de maman Christine commence à l'inquiéter.

Il est à deux doigts de se montrer désagréable avec elle, de lui dire à sa façon, de s'occuper de ses affaires *(pour rester poli malgré tout)*.

Mais sa bonne éducation, sa propension à toujours dire oui, l'ont empêché de créer un malaise chez maman Christine qui n'aurait pas compris son attitude. Elle aurait été très déçue, voire peinée.

Alors, très courageusement, il interrogea du regard celle qui a décidé de sauver sa peau.

Tout en continuant à épousseter les coussins du canapé pendant que Roland déguste son potage, elle lui dit :

- « *Ma cousine habite dans un charmant village qui te plaira bien.* »

- « *Où ?* » répond Roland.

- « T*u le sauras bien assez tôt mon garçon. Je vais essayer de me libérer vendredi pour t'y conduire. … En attendant, ferme ton téléphone et essaie de dormir un peu. C'est compris ?* »

Roland pousse un grand soupir.

Il n'aime pas ça.

3

Après le départ de maman Christine, Roland est plongé dans une angoisse indescriptible et inexpliquée.

L'idée de son départ à la campagne n'est pas faite pour le rassurer.

Mais que faire ?

Dire « Non » tout simplement, même à cette

maman de substitution qui a surgi dans sa vie et qui cherche à le protéger comme la chair de sa chair, contre vents et marrées.

Mais au lieu de cela, il lui est impossible de trouver les bons arguments pour s'opposer à la proposition de bon sens faite par Christine, la gardienne au grand cœur, la reine des potages revigorants.

D'ici vendredi, il dispose de trois bonnes journées pour trouver la parade. Mais en attendant, il faut reprendre des forces. Il éteint son téléphone et se mit au lit.

En résumé :

- Nuit en pointillés.
- Nuit interminable.
- Nuit cauchmardesque.
- Nuit agitée.
- Crise d'angoisse.
- Sueurs froides.

Drôle de nuit en effet, si par définition, la nuit est faite pour se reposer.

Roland finit sa nuit assis dans son lit, adossé au mur, vidé, hagard, les yeux fatigués et injectés de sang.

Cela ne peut pas durer.

Le jour se lève enfin. Il était temps.

La tentation d'allumer son téléphone le taraude.

Alors, il se laisse tenter.

A l'abri des « regards indiscrets », il allume son téléphone.

Une dizaine de messages du DG.

Doit-il les écouter ? Doit-il les ignorer ?
Et si Maman Christine avait raison ?

Submergé par ce questionnement, Roland n'a pas la force de trancher.
Il se sent de plus en plus faible.
Il se recouche et émerge de son sommeil en début d'après-midi.

Après une bonne douche bienfaisante, il rend visite à maman Christine.

- « *Bonjour.* »

- « *Ah , c'est toi ? Bonjour mon petit. Ça va mieux ?* »

- « *Oui. J'ai un peu récupéré.* »

- « *Dis-moi, tu as mangé ?* »

- « *Non, mais ça va.* »

- « *Assieds-toi, je vais te préparer une omelette aux lardons.* »

- « *Non, non ! Merci. Je suis juste venu te demander où tu comptes m'emmener vendredi ?* »

- « *Assieds-toi, je vais te faire à manger.* »

Roland sait que maman Christine est une tête de mule et qu'il est inutile de lui résister.
Il tire une chaise et s'installe à la table de la cuisine et attend patiemment dans un silence

religieux, entrecoupé par le bruit des ustensiles de cuisine manipulés par maman Christine qui s'affaire au fourneau.

Quelques instants plus tard, l'omelette est prête. Elle est épaisse, délicatement dorée. Elle sent bon. Elle donne faim. Deux tranches de pain au seigle et un verre de vin rouge accompagnent cette collation.

Maman Christine s'installe en face et le regarde manger avec grand appétit.

Elle essuie une larme.

Elle imagine son fils, assis à cette même place.
Elle imagine son visage souriant à ce moment précis de la dégustation de cette omelette au lardons, préparée avec une infinie tendresse.

A l'époque, le lapin à la moutarde était son plat préféré.

Elle donnerait sa vie pour la sienne.
Elle donnerait sa vie pour que, la dernière

fois que son Romain chéri a partagé son repas avec elle, ne fut la dernière.

Elle est inconsolable.
Sa souffrance est immense. La plaie ne s'est pas refermée. Bien au contraire.
Elle fait tout pour la cacher à son protégé.
Il faut rester crédible, à tout prix.
Elle se doit d'être forte face à ce jeune homme fragilisé qu'elle a décidé de sauver.

4

Vendredi au milieu de l'après-midi.

La voiture de maman Christine vient de s'immobiliser devant l'établissement de la cousine, déjà informée de leur arrivée.

A bord, Roland peine à réaliser qu'il se trouve bien à une centaine de kilomètres de Paris. Ce qui ne lui était jamais arrivé auparavant, à l'heure où le principe même du déplacement est inscrit dans l'ADN de ses « congénères » *(homme, animal doué de raison)*, à une époque où, s'évader du lieu d'habitation pour respirer et se réoxygéner est devenu un besoin vital pour les citadins.

Maman Christine reste un moment avec lui à l'intérieur du véhicule, puis, l'invite à sortir.

Comment cela peut-il se faire que lui, Roland P, le grand maître de la stratégie commerciale, figure incontournable au sein du groupe qui l'emploie, puisse être sujet au vertige face à l'inconnu ?

Alain LEBLAY a écrit *(en 1956)* :

« L'inconnu n'angoisse que si l'on prend conscience de son existence. »

Nous savons que, l'une des vertus de la connaissance, c'est de permettre d'appréhender l'inconnu et que, cela relève de l'aptitude de chaque être vivant (humain ou animal) à vouloir *(volontairement ou par nécessité)* entreprendre cette démarche pour comprendre et appréhender ce qui lui est inconnu et qui par conséquent échappe à son entendement.

Or, d'après le cursus scolaire et universitaire de Roland, il semble largement « outillé » pour une telle démarche intellectuelle, même si, de par l'éducation qu'il a reçue de ses parents, tout permet de constater chez lui, une certaine propension à adopter une attitude qui vise à restreindre *(voire inhiber)* sa volonté d'aller vers cet inconnu qui lui fait si peur aujourd'hui.

Par la voix de Lana David, il est pemis d'ajouter ceci :

« Le comportement, c'est la communication.
Changez l'environnement et les comportements changeront. »

Appliqué à Roland, il n'est donc jamais trop tard pour élargir l'esprit d'une personne, *(ce que fait admirablement maman Christine)*, à condition que, comme certains pourraient le penser, cette personne *(prénommée Roland)* ne fasse pas partie de cette catégorie de gens appelés « autistes » *(où jugés comme comme tel),* catégorie qui craint d'abandonner sa zone de confort ou de s'en éloigner, qui d'autre part, rechigne à être confrontée à ce qui lui est étranger, et enfin, qui n'ose essayer de vaincre son appréhension face à l'inconnu.

Une fois encore, les spécialistes en la matière, auront fort à faire pour débattre de ce sujet qui a de quoi surprendre.

Voila maman Christine hors du véhicule.

Dans un dernier effort, Roland réussit à s'extraire du véhicule non sans mal, en prenant beaucoup sur lui-même.

Il est comme sur une autre planète sur laquelle, la verdure est omniprésente. Il regarde partout. Il respire à plein nez. Son cœur bat très fort. Ce trop-plein d'émotions lui étreint le cœur.

Premiers pas en territoire inconnu, derrière Maman Christine qui se trouve à présent devant l'entrée de la propriété.

- « ***Roland, veux tu entrer tout de suite ou d'abord faire un tour dans le quartier ?*** »

- « *Je ferai un tour demain.* »

Réponse tout à fait conforme à son état d'esprit.

5

Maman Christine sonne un coup sec.

Quelques instants plus tard, l'ouverture du portail est déclenchée depuis l'intérieur.

Sur le perron se tient une femme d'un certain âge, tout de noir vêtue, qui leur souhaite la bienvenue.

- « ***Bonsoir Mathilde.*** »

- « *Bonsoir Christine.* »

- « *Mathilde, je te présente Roland.* »

- « *Bonsoir Roland.* »

- « *Bonsoir Madame.* »

L'hôtesse dévisage son futur pensionnaire et esquisse un sourire.

Maman Christine prend sa cousine par le bras et l'entraîne à l'écart pour lui parler.
Quelques instants plus tard, elles reviennent vers Roland qui se demande toujours ce qu'il fait là.

- « *Allons chercher tes affaires pour t'installer dans le studio que Mathilde t'a réservé. Moi je dormirai chez m cousine. Tu prendras tes repas à la table d'hôte. Mathilde te donnera les instructions ce soir.*
D'accord ? »

- « *Ok !* » dit-il d'une voix éteinte.

Alors, les deux ressortent de la propriété pour

récupérer les affaires de Roland dans le coffre de la voiture.

- « Tu verras Roland, tu seras bien ici. Ce n'est pas un prison. Juste un endroit pour reprendre des forces et te reconstruire. C'est important que tu retrouves toutes tes capacités pour continuer ta brillante carrière. En rentrant, j'irai à la poste établir un contrat de réexpédition de ton courrier en poste restante. Tu verras, tout ira bien. Tu as encore trois semaines de repos. Tu peux rester ici pendant les trois semaines.
Je reviendrai te chercher.
D'accord mon grand ? »

Roland reste silencieux. Il a besoin d'accuser le coup et de comprendre ce qui se passe.

Il finit de vider le coffre.

Les deux retournent dans la propriété.

Mathilde les conduit dans le studio.

D'autorité, maman Christine installe ses affaires, et prit congés jusqu'à l'heure du dîner.

La porte du studio se referme.

Roland inspecte les lieux, à commencer par les sanitaires. Ensuite, la literie. Tout semble à sa convenance.

Alors, il se dévêt et prend une douche chaude.

Il dispose de trois bonnes heures devant lui avant le dîner.

Il se mit au lit et tente de trouver le sommeil.

Il revoit le film de la journée.

Il s'interroge sur les motivations de la gardienne pour prendre autant soin de lui.

Il ignore tout de l'histoire de cette dame qui ne recule devant rien pour le tirer d'affaire.

Une vraie maman de substitution pour lui.

Il a du mal à l'admettre.

Mais ne dit-on pas que « *la résignation allège tous les maux sans remède* » ?

Alors, pourquoi continuer à opposer une résistance vaine au déroulement des événements selon un ordre établi ?

Cela reviendrait-il à dire un « Oui » timide à la résignation ? Une résignation en éveil, consciente, prudente, guidée par la reconnaissance ou la prise de conscience des faiblesses qui nous handicapent et nous empêchent d'avancer.

Roland a décidé de baisser sa garde.

Difficile pour lui de se passer de la manifestation de cet amour quasi maternel émanant de maman Christine, amour maternel qui ne pourrait jamais devenir un faux semblant, quoi qu'il en soit.

6

Dimanche matin.

Petit-déjeuner à la table d'hôte.

Maman Christine observe son protégé qui a l'air d'être heureux. Il dévore sa tartine de pain beurré, surmontée d'une épaisse couche de confiture de mûres sauvages faite maison. Pas très diététique, mais qu'importe.

Devant lui, un grand bol de café au lait qu'il touille de temps en temps en attendant de finir de manger sa tartine.

Elle est ravie et en même temps rassurée de le voir reprendre des couleurs en si peu de temps.

Son diagnostic était le bon et le traitement préconisé puis mis en œuvre, en parfaite adéquation avec ses observations.

Son Roland chéri qui a passé sa vie jusque là à travailler sans relâche, au point d'y laisser sa santé, est en train de renaître. Il reprend goût à la vie. Celà se voit.

Selon De Mélandre :

« *Heureux celui qui joint la santé à l'intelligence.* »

Et d'après un proverbe français :

« *Le sommeil est la moitié de la santé.* »

Maman Christine en est tellement convaincue qu'elle en a fait son crédo. Il est donc aisé pour elle d'inculquer ces préceptes simples et de bon sens à son protégé qui semble avoir perdu de vue ces règles de vie saines, au risque de voir sa santé péricliter.

La réponse rapide de Roland face à sa préoccupation de le voir en bonne forme pour la suite de sa carrière, la satisfait pleinement.

Mais à la réflexion, a-t-elle raison de s'impliquer autant dans sa vie ?

Son empathie n'est-elle pas en train de la bercer d'illusions ?

Sa foi démesurée en son action en tant que mère de substitution, l'a conduite à prendre des initiatives intempestives, sans se poser une seule fois la question de savoir si c'est ce que son fils de substitution veut vraiment.

Visiblement, ça l'air de fonctionner.

Jusque là, Roland, *(ignorant tout sur le drame occasionné par la mort tragique de son fils)*, se laisse faire.

Il est à mille lieux de savoir le rôle qu'il joue

réellement dans la vie de cette femme, et tout le bien qu'il peut lui apporter.

Comparativement, par rapport à sa mère biologique, *(une femme froide et aigrie)*, il semble apprécier toute l'attention que lui porte cette personne, gardienne d'immeuble de son état, puis maman de substitution, et qui sait dans un avenir plus ou moins proche, une amie, une confidente.

Il peut mesurer le chemin parcouru avant d'en arriver là, lui le grand maître de la stratégie commerciale, muré dans sa tour d'ivoire. Dans sa manière d'être, il a été contraint de faire marche arrière avant de prendre le chemin vers cette direction qui lui ouvre de réelles perspectives d'avenir.

A contrario, que deviendrait leur relation s'il savait toute la vérité sur son drame ?

Serait-il indifférent aux causes réelles de ce rapprochement entre Maman Christine et lui ?

Rien n'est moins sûr.

Il n'est pas certain que Roland soit un opportuniste.

Tout ce qu'il a obtenu dans sa vie, a été le fruit d'intenses efforts. La vie ne lui a pas fait de cadeau, jusque là. Il ne sait pas demander. Il ne sait pas prendre. Il a toujours cherché la bonne façon de parvenir à ses fins.

Alors, surfer sur le drame d'une brave dame pour obtenir son attention, n'est pas un trait de son caractère.

7

Après le départ de son ange gardien, Roland décida d'aller explorer les environs de son lieu de villégiature.

Une étape supplémentaire à franchir, après avoir quitté Paris pour la première fois. Il veut appréhender l'environnement dans lequel il va vivre encore quelques semaines, pendant sa convalescence.

Pour cela, il a besoin de faire émerger cette

Le livre parfumé

autre personne qui est en lui, le Roland Bis, le Roland aventurier, le Roland téméraire dont il ignore les limites.

Doit-il en avoir peur ?

Jusqu'à présent, le seul Roland dont il a conscience est celui qui a été formaté à l'école, celui qui mesure le pour et le contre avant toute action, celui dont l'esprit rationnel écarte systématiquement, les hypothèses hasardeuses.

Or, ayant franchi le pas vers une nouvelle façon d'appréhender la vie, conséquemment, il lui faut abandonner son ancienne vie qui se résumait au « métro-boulot-dodo » *(dodo réduit au strict minimum)*, pour une vie plus fun, plus aventureuse, plus riche en émotions.

La chenille doit se métamorphoser en un magnifique papillon, qu'importe la briéveté de ce bonheur d'exister.

D'un pas hésitant, le voilà lancé vers l'aventure.

Il emprunte un sentier qui se termine en fourche.

Deux possibilités : à gauche, la voie conduit vers un espace boisé dans lequel sont disposés des bancs publics. A droite, rien de particulier à première vue.

Il réfléchit une seconde et décide de prendre la voie de droite pour voir où cela va l'amener.

Le dépaysement est total.

Tout est vert autour de lui. Il n'avait jamais vu cela auparavant.

Il respire à pleins poumons. Il en est ivre. Il sarrête devant les bosquets. Il observe chaque fleur. Il n'hésite pas à caresser les pétales et se baisser pour les sentir. Il voit pour la première fois, les fleurs sauvages décrits dans les livres. Il avance à 2 km à l'heure, s'arrêtant parfois pour réfléchir sur ce qu'il voit.

En progressant, il aperçoit sur sa droite, les berges d'une rivière alimentée par une source souterraine.

Des canards sauvages barbottent, plongent de temps en temps pendant quelques secondes la tête vers le fond de l'eau pour en extirper quelques friandises cachées dans l'eau.

Au loin ce sont deux hérons cendrés qui batifolent et lustrent leur plumage.

A ses pieds, des insectes d'eau font des ronds dans l'eau. Aucun prédateur pour les gober.

Un peu plus loin, un ragondin s'affaire autour d'un plan de joncs.

Etc … . Etc … .

Il découvre la nature.

Roland passa un long moment à observer ce foisonnement de vies autour de ce point d'eau. Ses yeux regardent partout à la fois. Il fait le plein d'images et de sons les plus divers.

Il se sent libre, pas du tout stressé. Il est dans l'émerveillement, dans l'excitation.
Et qui dit émerveillement, dit « gage de

bonheur ». C'est une sensation qu'il ne connaît pas.

Roland s'est *(jusqu'à cet instant précis)*, refusé ce luxe, privilégiant le côté abstrait et austère d'un raisonnement intellectuel se rapportant à son domaine de prédilection qu'est la stratégie commerciale.

Il ne s'était jamais laissé pénétrer l'esprit par une quelconque sensation ou un semblant de sentiment pouvant lui faire toucher du doigt ce qu'est le bonheur, cet état de satisfaction stable et durable.

Dans son existence, tout n'est qu'abnégation de soi, résultat d'une absence de vie personnelle, ce qui est à l'échelle du genre humain, une vraie tragédie.

A présent, il discerne quelque chose qu'il n'avait jamais ressenti auparavant.

Il vibre face à cette nature luxuriante.

Cette vibration génère en lui, une joie immense.

Parallèlement, cette surabondance d'images et de sons, cette nature qui l'environne, suscitent chez lui, le grand regret de n'avoir jamais connu un tel enchantement dans son autre vie.

Son regret est sincère et profond.

8

Roland revient sur ses pas au niveau de la fourche puis, emprunte la voie de gauche en direction de l'espace boisé qu'il avait entre perçu à son arrivée.

Avec la même prudence, il progresse lentement, observant chaque détail qu'il lui est possible de voir sur son parcours.

L'espace boisé n'est qu'à quelques mètres lorsqu'il aperçoit un objet sur le banc à

Le livre parfumé

l'entrée.

Plus il s'approche, tel un aigle, ses yeux distinguent nettement l'objet posé sur le banc.

Il ne rêve pas.

Il s'agit bien d'un livre.

Tout en avançant vers le banc, il scrute les environs. Il voudrait s'assurer que le ou la propriétaire de ce livre ne se trouve pas dans les lieux.

Mais il s'aperçoit qu' il y a très peu de monde dans cet endroit à l'instant précis où ses yeux l'explorent.

En effet, sur un des bancs, une dame d'un certain âge, plongée dans la lecture de son livre, une main au dos du livre pour le tenir, l'autre sur la page de lecture. Sur un autre banc, un couple prend le frais. Devant eux, un landau et un bébé qui dort paisiblement. A leurs pieds, un Golden Retriever tenu en laisse, qui ne dort que d'un œil, attend patiemment le retour à la maison.

Roland n'hésite plus : s'installe sur le banc.

Il jette un œil sur la couverture du livre.

« *La vie devant soi* » de E. AJAR

Ce titre lui rappelle vaguement quelque chose.

Mais se rappeler concrètement de ce que ce livre évoque dans ses souvenirs, n'est pas sa principale préoccupation.

Pour l'heure, son questionnement porte sur la personne qui a oublié ou laissé cet ouvrage sur le banc sur lequel il vient de s'asseoir.

A la réflexion, pour lui, il ne peut s'agir d'un oubli, car il n'est pas concevable d'oublier un livre sur un banc en pleine nature.

A moins qu'il s'agisse d'un départ précipité.

Celà ne tient pas.

En effet dans cette hypothèse, le premier

réflexe, serait de fermer puis de s'emparer du livre avant de se lever et partir.

Laisser un livre sur un banc, équivaudrait à une volonté de se séparer d'un objet qui a une nature et une symbolique particulières, de par son rôle social d'une part, et d'autre part, à cause des intentions du *(ou de la)* propriétaire en agissant de la sorte.

Il convient de se rappeler que l'abandon ou la destruction d'un livre n'est pas un acte anodin.

Pour l'instant, Roland se contente d'observer le livre. Il ne le touche pas. Il ne lui appartient pas. Peut-être que le ou la propriétaire n'est pas loin.Alors il attend son retour. Il reste assis pour protéger ce livre jusqu'à sa restitution à qui de droit.

Un hypothétique retour en effet, si toutefois, l'envie de récupérer ce livre *(oublié)* prenait le pas sur son abandon.

Le jour décline. Personne ne vient réclamer le livre.

La dame d'un certain âge, range son livre dans son sac à main, puis se lèvre et s'en va.

Ensuite ce fût le tour du couple, du bébé et du Golden Retriever.

Alors, il se retrouve seul dans cet espace boisé, de quoi susciter chez lui quelque appréhension.

Il attend encore un moment, puis, décide de s'en aller.

Il s'empare du livre, puis retourne au studio en pressant le pas.

9

 De retour au studio, il dépose le livre sur sa
table de chevet.

 Son état d'esprit a changé. Il était parti à la
découverte de son environnement, et revient
au studio, habité par l'idée d'avoir reçu
quelque chose, délivré par il ne sait qui.

 Il est troublé.

Il y a lieu de se demander pourquoi la découverte d'un livre sur un banc public, provoque chez lui un tel effet ?

Il a l'impression d'avoir ramené chez lui, quelque chose dont il ne comprend pas la signification.

Pourtant, il ne s'agit que d'un objet commun, voire banal. Rien de transcendant pour émouvoir le commun des mortels.

Roland est un être rationnel, qui ne se laisse pas émouvoir si facilement. Pour lui tout a un sens. Son cursus universitaire l'a formaté pour être cette personne qui sait analyser les choses froidement, méthodiquement.

Mais, après cette découverte inattendue et déconcertante, son comportement devient irrationnel. Il ne comprend pas. Il n'est pas habitué à ressentir des émotions qu'il ne peut expliquer, notamment cette excitation que sa découverte provoque chez lui.

En attendant l'heure du dîner, il essaie de se relaxer dans son lit. Il est couché sur le dos, la nuque posée sur ses deux mains ouvertes, les yeux rivés au plafond.

Au cours du dîner, il resta étrangement silencieux, lui qui s'était peu à peu habitué à communiquer.

Sollicité par les uns et par les autres, il se contente de répondre par politesse. Le service minimum. Tout son esprit est tourné vers le livre posé sur sa table de chevet.

Un petit retard causé par la préparation du dessert qui tarde à arriver à son goût, prolonge dramatiquement le dîner. Il regarde sans cesse sa montre. Il est au bord de l'agacement.

Et puis, vint l'heure de la levée de table.

Il salut tout le monde et se précipite dans son studio. Il ferme la porte à double tour.

Il se déchausse, desserre sa ceinture, puis s'installe dans le lit, en se mettant sur le côté, et en ayant le livre dans sa ligne de mire.

Il resta ainsi un moment, puis se redresse. Il

recherche la position idéale dans ce lit qui n(est pas le sien. Finalement, il s'adosse au mur les reins calés par un oreiller. Alors, il prit le livre d'une main ferme.

Oui, le titre sur la couverture lui rappelle quelque chose.

Comme dans le parc boisé, il ne lui semble pas important de se rappeler très précisément des souvenirs que ce titre fait remonter dans sa mémoire. Il verra plus tard.

Machinalement, il ouvre le livre à la première page.

Quelle ne fut sa surprise !

Il est stupéfait.

Un parfum de femme exhale. Les effluves d'un parfum musqué, prisonnières dans ce livre, s'échappent et viennent chatouiller ses narines.

Ce qui est écrit sur cette première page lui est totalement indifférent. Toute son attention est portée sur ce parfum qui ne cesse de le tourmenter.

Il se met à fixer la page comme si, cette personne qui portait ce parfum, allait apparaître en chair et en os devant lui comme par enchantement.

C'est assurément ce qu'il aurait voulu pour lui demander les raisons de son geste.

Il reste figé sur cette première page du livre et ne peut en décoller.

Son imagination galope. Il voit les doigts parfumés de cette personne se poser sur les pages de ce livre. Il les voit tourner les pages, les unes après les autres.

Alors, fébrilement, page après page, il recherche cette même senteur en rapprochant à chaque fois, le livre vers son visage, les narines en alerte maximale.

A la page 20, plus d'odeur, ni sur les pages suivantes.

Donc selon la logique qui s'était installée dans son esprit, l'inconnue au parfum musqué s'était arrêtée à la page 20.

Par conséquent, pourquoi, ayant à peine commencé à lire ce livre, cette personne a ressenti le besoin ou a été dans l'obligation d'abandonner ce livre ?

Que s'est-il passé ?

10

Il paraît qu'à travers l'écoute d'une voix il est parfois possible de deviner la nature de cette personne qui parle, son état d'esprit, … .

Que peut révéler le parfum d'une personne inconnue ?

En termes savants : sa signature olfactive.

Cette seule signature olfactive ne saurait justifier le port d'un tel parfum et pas un autre, un jour donné

.

Il est important d'y ajouter deux éléments fondamentaux à savoir : l'émotion ressentie au moment de l'achat de ce parfum, et l'humeur dans laquelle cette personne se trouve au moment de choisir de porter ce parfum à la place d'un autre, un jour donné.

D'autre part, un parfum ne pourra pas révéler s'il s'agit d'une brune, d'une blonde, d'une rousse, encore moins qu'il s'agit d'une africaine, d'une caucasienne, d'une asiatique, etc ...

La tâche semble ardue *(voire titanesque)* pour Roland qui voudrait se représenter cette femme dont il essaie d'esquisser le portrait à partir de son parfum.

Que dire de la dame d'un certain âge assise sur l'un des bancs dans l'espace boisé ? Portait-elle un parfum ? Si oui, quel type de parfum ? Pourquoi ce parfum précisément ? Les pages du livre qu'elle était en train de lire, sont-elles parfumées ?

Comment déterminer la typologie des personnes susceptibles de porter ce type de parfum ?

Existe t-il une préférence olfactive par tranche d'âge ?

Est-ce l'odeur originelle de ce parfum dans la mesure où, selon le type de peau, l'odeur des parfums changent quelque peu.

Roland ne se laisse pas décourager par cette démarche qui semble *(pour le commun des mortels)* une mission impossible.

Pour lui, il doit exister un moyen pour parvenir à résoudre cette énigme.

Oui, rappelez-vous, Roland est le grand maître de la stratégie commerciale.

Qui dit « stratégie », dit art d'élaborer un plan d'actions coordonnées, le point de départ étant les effluves d'un parfum emprisonnées dans un livre.

S'il y parvient, il serait apte et digne digne de travailler aux côtés des fins limiers de Scotland Yard.

A moins que … .

11

La principale raison de sa présence dans ce lieu de villégiature, est de tenter de se reposer à la suite de son état d'épuisement au travail.

Or, il recommence à ressentir une certaine pression qu'il s'auto inflige à travers ce qu'il considère comme une obligation de parvenir à résoudre l'énigme du livre parfumé.

Incorrigible Roland !

Lundi, 8 heures du matin. Petit déjeuner à la table d'hôte . Tout se passe bien.

A la fin, il se rapproche de son hôtesse et demande à lui parler.

- « *Quelque chose ne va pas ?* »

- « *Non, tout va bien. Ne vous inquiétez pas. Je voulais juste vous demander où je peux trouver une parfumerie dans le coin ?* »

- « *Une parfumerie ? Une parfumerie ?* », répéta l'hôtesse tout en réfléchissant.

- « *Il n'y a pas de parfumerie dans le coin comme vous dites.* »

- « *Ah bon ? !* »

- « *Oui.* »

- « *Il n' y a vraiment pas moyen d'en trouver une ?* »

- « *Dans l'absolu, oui, mais il faut aller au centre ville dans la ville voisine. Là, vous êtes sûr d'en trouver une.* »

 - « *Comment je dois faire pour y aller ? Je n'ai pas ma voiture malheureusement.* »

 - « *Vous pourrez y aller en bus. Il y en a un qui passe toutes les demi-heures et qui vous dépose au centre ville, pas loin de la gare.* »

 - « *Ok. L'arrêt de ce bus se situe où exactement svp ? Je ne connais pas très bien le coin comme vous savez.* »

 L'hôtesse s'absenta un court instant, puis revint avec une carte touristique de la région dans les mains. Elle lui expliqua patiemment l'itinéraire à suivre.

 - « **Merci bien. Je ne déjeunerai pas aujourd'hui à la table d'hôte. A ce soir.** »

- « *A ce soir.* »

Roland se retire et regagne son studio.

 Aussitôt la voie libre, l'hôtesse se jeta sur son téléphone .

- « *Christine bonjour. C'est ta cousine.* »

- « *Bonjour. Pourquoi tu m'appelles ? Il est arrivé quelque chose à Roland ?* »

- « *Non, rassure toi.* »

- « *Alors pourquoi tu m'appelles ?* »

- « *Ne cris pas s'il te plaît ! Je voudrais juste parler de quelque chose.* »

- « *Tu m'inquiètes. Parle !* »

- « *Ton protégé m'a demandé l'adresse d'une parfumerie ce matin.* »

- « *Une parfumerie ? Et pourquoi ? Tu lui as demandé pourquoi ?* »

- « *Tu exagères. Comment veux-tu que je lui pose une telle question ?* »

- « *Alors comment veux-tu que moi, depuis Paris, je sache pourquoi il a besoin d'une parfumerie ?* »

Le livre parfumé

- « *Il est marié ton gar ?* »

- « *Mais non !* » hurle maman Christine passablement agacée.

- « *Pourquoi tu t'énerves ? Je voulais juste que tu saches ce qui se passe.* »

- « *Dis-moi, qu'est-ce qui se passe ? Qu'est-ce qui se passe ?* »

- « *Il est parti en ville.* »

- « *Hein ? Où ça ?* »

- « *Je t'ai dit en ville. Il est allé à la recherche de sa parfumerie. Il faut que je te le dise comment ?* »

Maman Christine est hors d'elle.

- « *Et pourquoi tu l'as laissé partir ? Pourtant je t'avais demandé de veiller sur lui.* »

- « *Oui, mais tu ne m'as pas demandé de le tenir en laisse. Je voulais bien faire.... .* »

- « *A son retour, pourrais-tu lui dire de m'appeler ?* »

- « *J'espère que tu ne lui diras pas que j'ai cafté.* »

12

Roland parvient au centre ville de la ville voisine, grâce aux indications fournies par son hôtesse.

Tant bien que mal, il obtint auprès des passants, l'adresse d' une parfumerie pas trop éloignée de l'endroit où il se trouve.

Il s'y rend avec diligence, avec le ferme espoir d'entamer la résolution de son énigme.

Devant la parfumerie, il marque le pas, puis se décida à entrer.

Une vendeuse s'avance vers lui.

- « ***Bonjour Monsieur. Puis-je vous apporter mon aide?*** »

- « ***Bonjour Madame. Oui je crois que vous pouvez m'aider... quoi que... .*** »

Il semble hésitant. Il ne sait pas comment aborder le sujet qui le préoccupe et qui l'a poussé à se dépasser.

- « ***Monsieur je vous écoute.*** »

A présent, elles sont deux vendeuses devant lui. En effet, devant son hésitation à parler, la première vendeuse a discrètement fait signe à sa collègue qui aussitôt, se rapprocha d'eux.

Alors, il ouvre sa serviette *(devant les yeux médusés des deux vendeuses)* et sort le fameux livre parfumé.

*- « **Oui, c'est délicat ce que je voudrais vous demander : pourriez-vous s'il vous plaît sentir le parfum de ce livre et me dire ce que c'est ? Je suis à la recherche de ce parfum. Pouvez-vous m'aider s'il vous plaît ?** »*

Les deux vendeuses se regardent et éclatent de rire. Elles pensent à la caméra cachée. Mais leur client semble sérieux et déterminé.

De mémoire de vendeuses, elles n'ont jamais entendu une telle demande de la part d'un client.

Par définition, dans une parfumerie, c'est la vendeuse qui fait sentir les parfums et non l'inverse.

De plus, dans cet environnement dans lequel les senteurs s'entre-mêlent, comment parvenir à identifier un parfum exhalé par les pages d'un livre ?

Elles ne savent pas quoi dire. Elles sont perplexes, partagées entre le fou-rire et le désir de rendre service à ce monsieur sympathique au demeurant.

69

Ce sont des vendeuses et non des « nez » de laboratoires de création de parfums.

Un « nez » sait identifier toutes composantes d'un parfum. C'est un métier. Roland, aveuglé par sa détermination semble l'ignorer.

Inquiétée par l'attroupement de ses vendeuses autour de ce client pas comme les autres, la responsable de la boutique, attirée par les manifestations vocales de ses vendeuses qui se sont détournées des autres clients présents dans la boutique, vient aux nouvelles.

Une des vendeuses lui chuchote quelque chose à l'oreille pendant quelques secondes.

La situation ne l'amuse pas du tout. Elle semble irritée par la présence de ce client « farfelu » *(selon elle)*, qui vient semer le désordre dans sa boutique. Est-il envoyé par la concurrence ? Elle n'est pas loin de le penser.

Elle se tourne vers Roland, le visage fermé, le ton glacial :

- « ***Bonjour Monsieur, dites-moi, c'est une plaisanterie ?*** »

Roland ne sait pas où se mettre. De sa vie entière, personne ne lui a jamais parlé de manière aussi dure, aussi brutale.

Son visage devient rouge écarlate. Il ressent des picotements partout dans son corps.

- « ***Excusez-moi.*** »

dit-il la gorge nouée en rangeant le livre dans sa serviette.

Il ressort presqu'à reculons de la parfumerie.

Il ne s'est jamais senti aussi humilié de toute sa vie.

Dans son travail, il est une pointure. Il est très respecté pour celà. Ses interlocuteurs lui parlent avec déférence.

Ce qu'il vient de vivre lui laisse un goût amer dans la bouche et un profond trouble dans son

71

esprit.

Il est à présent dans la rue, Il s'éloigne bien vite de la vitrine de la parfumerie derrière laquelle sont agglutinées les vendeuses qui continuent de le railler, en le regardant s'éloigner.

Ses jambes menacent de se dérober sous lui.

Il pense à ces vendeuses qui vont se délecter de cette histoire *(à ses dépens)*, auprès de leurs proches, après ce moment particulier de franche rigolade au cours de cette journée peu ordinaire qu'elle viennent de vivre grâce à lui.

Il est d'usage de dire que l'obstination est le chemin de la réussite.

Or, son obstination à lui, vient de lui infliger un revers dont il n'est pas prêt à en oublier l'amertume.

13

Faire une deuxième tentative dans une autre parfumerie, est au-dessus de ses forces.

Le mieux qu'il puisse faire après cette mémorable déconvenue, c'est de rentrer au studio, se mettre à l'abri de ce monde dont il vient de découvrir la propension à faire souffrir.

Périodiquement, l'espèce humaine est confrontée à un désastre, quelle qu'en soit la nature.

Pourquoi devrait-il échapper à cette fatalité, lui, le grand maître incontesté de la stratégie commerciale qui prétend savoir tout anticiper ?

Aussitôt dit, aussitôt fait : le voilà entre les quatre murs protecteurs de son studio. Une sécurité toute relative.

Il eut le temps au cours du trajet en bus, de repenser à sa stratégie. Le résultat de l'expérience de cette matinée n'est pas probant. Dire que cela a été un fiasco, serait un euphémisme.

Pourtant, son obsession ne faiblit pas parce qu'il sait que, c'est en avançant que l'on découvre les problèmes qui se posent.

Il se découvre notamment un tempérament qui ne peut être maîtrisé. Il ne se savait pas comme ça, d'oser entreprendre quelque chose sans filet de sécurité, foncer tête baissée dans une quête dont les issues pourraient être incertaines, chercher un sens là où il sait qu'il y en a pas.

Il n'arrive pas à s'imposer ce nécessaire silence intérieur qui lui permettrait de découvrir et de comprendre les vraies raisons de son acharnement à découvrir la propriétaire du livre parfumé.

Pourquoi cette femme qui se cache derrière ces pages odorantes le hante à ce point ?

En fait, il admet finalement que sa hantise est née de sa crainte de quitter ce lieu de villégiature sans avoir découvert cette femme.

La découvrir pourquoi ? Pour en faire quoi ? Pour satisfaire quelle ambition ?

Pourquoi ce livre parfumé est pour lui, est un appel qui va bien au-delà de son propre entendement ? Que fait-il de sa capacité à raisonner ? Pourquoi l'irrationnel vient-il semer le trouble dans son esprit ?

Il est probablement en train de tomber amoureux d'une fragrance comme d'une femme entreperçue dans une rame du métro et pour laquelle il renoncerait à poursuivre son chemin pour aller travailler afin de la suivre à la trace, sans savoir où cela va le conduire.

N'est-ce pas dangereux ?

S'il échoue dans sa tentative de personnifier cette odeur qui le tient par le bout du nez, alors, une fois évaporée, que restera t-il de son obsession? Un vide ? Le constat d'une colossale perte de temps ? Une détresse devant le visage imaginaire de cette femme introuvable, inaccessible, qui disparaît à jamais comme une bulle de savon qui éclate dans l'air ?

Pourtant, il est habituel *(notamment dans le quartier de Paris la Défense)* de prendre un ascenseur dans lequel subsistent les traces du passage d'une femme parfumée.

Devient-on pour autant un détective à la recherche de cette femme parfumée en visitant chaque bureau de chaque étage d'une tour d'une vingtaine d'étages, en reniflant le cou de chacune des femmes travaillant dans ces lieux ?

A la décharge de Roland, le contexte est différrent.

En effet, il est plus « normal » de croiser dans un ascenseur une femme parfumée que de trouver un livre parfumé sur un banc public en pleine nature.

Mais pour l'heure, il donne l'impression d'être un animal, un mâle dominant en chasse après avoir flairé les effluves laissés par une femelle à la période des amours.

14

A l'heure du dîner, Roland encore sous l'effet de sa déconvenue, mais tentant de faire bonne figure, s'installe à la table d'hôte.

Par un curieux hasard, il se retrouve en face de son hôtesse qui a délibérément choisi de s'installer en face de lui.

Elle le fixe. Elle l'interroge du regard. Elle ne tient plus sur sa chaise. Elle est nerveuse. Elle en perd l'appétit, elle si gourmande.

Aucune réaction de la part de son pensionnaire.

Que va-t-elle pouvoir dire à sa cousine qui devrait en principe la rappeler dans la soirée pour avoir des nouvelles de son protégé ?

Elle ne supporte pas cette indifférence affichée par Roland qui est à une année lumière de son tourment.

Elle n'a aucune prise sur lui. Il n'a pas de compte à lui rendre.

C'est vrai : il lui a demandé l'adresse d'une parfumerie.   Et après ?

Et s'il lui avait demandé l'adresse d'une boulangerie, serait elle encline à l'interroger du regard pour obtenir son avis sur la cuisson du pain qu'il aurait potentiellement acheté ?

Non !

En effet, la préoccupation de Roland est d'une autre nature. Il n'a qu'une hâte, c'est de regagner son studio au plus vite.

Son mobile se met à vibrer avec insistance pour la troisième fois depuis le milieu du dîner.

Passablement agacée, elle prend l'appel et dit sur un ton sec :

- « *Je te rappelle !* »

avant que son interlocuteur n'eut le temps de placer un mot.

Quelques instants plus tard :

- «*Allo, Christine c'est moi.* »

- « *Il est rentré ?* »

- « *Oui. Il vient de dîner. Il vient de regagner son studio.* »

- « *Alors ?* »

- « *Alors quoi ?* »

- « *Il t'a dit quoi ?* »

- « *Rien ! Que veux-tu qu'il me dise ?* »

- « *Il ne t'a rien dit sur la parfumerie, et pourquoi il s'est s'est rendu dans cette parfumerie ?* »

- « *Non ! Tout d'abord, cesse d'hurler. Je ne sais vraiment pas pourquoi cela te m'est dans un tel état. D'ailleurs, c'est qui ce type pour toi pour que tu le surveilles comme le lait sur le feu ?* »

- « *Que veux-tu insinuer par cette question ?* »

- « *Je n'insinue rien. Depuis que tu as su qu'il s'est rendu dans une parfumerie, tu es devenue hystérique. Je ne comprends pas ton attitude. Je te repose la question : c'est qui cette personne que tu as ramenée dans ma maison ?* »

- « *C'est personne.* »

- « *Ce type est recherché par la police ?* »

- « *Non !!!!!* »

- « *C'est ton amant ?* »

- « *Mathilde, ne m'insulte pas s'il te plaît. Il pourrait être mon fils.* »

- « *Oui, mais il ne l'est pas. Alors pourquoi tu le couves ainsi ?* »

- « *Je ne le couve pas. D'ailleurs tu ne comprends rien. Bonne soirée.* »

Vu de l'extérieur, on ne peut que se désoler des effets délétrères des dégâts collatéraux provoqués par la découverte de ce livre aux pages odorantes.

Deux cousines qui s'adorent et qui sont à deux doigts de se fâcher pour de bon à cause d'une histoire invraissemblable, c'est à ne rien comprendre.

15

La nuit qui a suivi son amère déconvenue, Roland n'a pas pu fermer l'oeil.

En effet, à son retour dans son studio, Roland s'est emparé de ce livre et s'est mis à le lire comme il n'a jamais lu un livre ainsi auparavant lui, habitué à lire essentiellement des dossiers techniques, truffés de fautes d'orthographe.

Au fil des pages, il découvre ainsi la vie de Momo chez madame ROSA, ancienne prostituée, gardienne d'enfants de prostituées proche de la mort.

Il découvre l'attachement altruiste d'une mère juive pour un enfant arabe qui n'est pas le sien et dont plus personne n'en veut puisque plus personne ne paie les frais de sa garde auprès d'elle.

Il découvre le récit de cette belle leçon de vie et pour la première fois, il a pu ressentir ce flot d'émotions qui submerge rien qu'à la lecture d'un livre, un livre de surcroît découvert par hasard sur un banc quelque part dans la nature.

La lecture de ce livre lui a permis d'avoir un début d'explication sur le comportement de maman Christine et de comprendre un peu plus, son intérêt croissant à son égard.

Mais le risque de se tromper sur l'origine de cet attachement appliqué à son propre cas, est avéré.

Maman Christine voit en Roland son fils disparu, et décide d'usurper ce rôle de substitution aux fins de combler le trou béant laissé par la disparution de son fils Romain. Elle « prend » Roland par la main et le met à cette place d'honneur au fond de son cœur afin de le préserver de tout danger, anticipant la résolution de tout ce qui pourrait entraver *(ou porter atteinte à)* l'existence de ce lien fragile.

Quant à maman Rosa, elle décide et prend la liberté de réparer une injustice causée par l'abandon de Momo par sa mère biologique, sans chercher à savoir si cet abandon est volontaire ou imposé par le destin. Il fallait le faire et elle l'a fait sans se poser des questions, empêchant ainsi Momo d'être placé en famille d'accueil par l'assistance publique.

Des motivations différentes qui aboutissent à la même finalité, à savoir le don de soi.

Deux mamans, deux cœurs maternels battant à l'unisson par enfants interposés, réagissant au quart de tour, mettant en action l'instinct maternel qui protège, qui rassure, qui aide à éviter les écueils de la vie.

Tout à coup, les rayons du soleil éclairent le studio.

Roland jette un œil sur sa montre : 6 h.

Encore une dizaine de pages à lire. Elles peuvent attendre. Il est fatigué. Il est temps de se coucher.

16

Au milieu de l'après-midi, Roland émerge de sa « nuit ».

Une forte migraine. Les yeux rougis par le manque de sommeil. La langue pâteuse. Légère perte d'équilibre. Il se sent déshydraté. Il profite encore un peu de la chaleur de son lit mais malheureusement pas pour longtemps.

Inquiéte de ne l'avoir pas vu ni au petit-déjeuner, ni au déjeuner, et pour ne pas affronter les foudres de sa cousine Maman Christine *(qui voudrait savoir minute par minute ce que fait son protégé)*, Mathilde, la « nounou » en charge de Roland, vient aux nouvelles, la peur au ventre ne sachant comment elle sera reçue.

Elle toque timidement à la porte, une première fois, puis une deuxième fois. Elle écoute à la porte et tente de déceler le moindre signe de vie dans le studio.

Quelques secondes plus tard, le temps de se vêtir décemment, Roland, *(portant encore sur son visage les traces de son oreiller)*, ouvre la porte, ébloui par la clarté du jour.

Debout devant la porte ouverte, Mathilde est saisie par une forte odeur de parfum de femme émanant du studio.

Instinctivement, elle jette un œil à travers la porte entrouverte.

Pas de femme cachée dans le studio, à la lumière du peu qu'elle ait pu voir.

Mais alors, d'où vient ce parfum de femme qu'elle reçoit en plein nez ?

« *Oh c'est qui ce type ?* » se dit-elle dans sa tête.

Elle dévisage un court instant Roland, puis :

- « *Bonjour.* »

- « *Bonjour.* » répond poliment Roland.

- « *Vous allez bien ?* »

- « **Oui merci. Pourquoi cette question ?** »

- « *On ne vous a pas vu de la journée. Tout se passe bien ? Tout va bien ? Vous allez bien ?* »

- « *Madame, au risque de vous déplaire, je vous ai déjà répondu. Tout va bien, merci ! Je me suis couché à l'aube et j'ai dormi une partie de la journée. Voilà, vous savez tout. Je serai à la table d'hôte ce soir. A plus tard Madame.* »

Il referma la porte et se remit au lit.

De son côté, Mathilde se retira en ayant en tête cette phrase : « *... **Je me suis couché à l'aube...*** » qui vient rajouter du mystère au mystère après la bouffée d'odeur de parfum de femme respirée devant le studio.

Que va t-elle pouvoir raconter à sa cousine ?

Elle en tremble d'avance.

Elle court se servir une petite liqueur pour se donner du courage avant l'appel quotidien de sa cousine.

17

La visite de Mathilde a eu le désagréable effet de lui couper l'envie de se remettre au lit.

Un bref passage dans la salle de bain, puis direction l' espace boisé, le livre sous le bras pour le rendre à sa propriétaire le cas échéant.

Arrivé sur les lieux, il prend place sur le fameux banc et termine la lecture du livre.

Il prit ainsi congé de Madame Rosa et de Momo qui malgré tout, continueront à habiter son esprit pendant un bon bout de temps.

En effet, les circonstances de leur rencontre inattendue, *(rencontre indissociable de cette fragrance émanant d'un livre oublié sur un banc dans la nature)*, l'ont poussé vers un univers *(presque surréaliste)* qui lui était inconnu. Successivement, il a expérimenté des sensations et des sentiments pour lesquels son existence d'avant ne l'avait pas préparé.

Les spécialistes donneront leurs avis sur son devenir, après avoir vécu ce qu'il vient de vivre.

Dans l'espace boisé, des gens vont et viennent dans ce lieu où tout a commencé.

Il observe tout ce monde, parfois bruyant, parfois plus respectueux de la sérénité du lieu.

Il attend.

Personne ne vient réclamer le livre.

Alors, jour après jour, il fit le même trajet et occupa le même banc, attendant bien sagement que la propriétaire du livre vienne réclamer son bien.

En vain.

Samedi : même créneau horraire, même itinéraire, même lieu.

Ah, banc en vue.

Banc occupé.

Peut-être 'elle' enfin !

Il presse le pas. Son cœur s'emballe.

Non, fausse alerte : c'est un homme d'un certain âge, fumant tranquillement son cigare.

Forte odeur de tabac dans les environs.

Il se demande ce qu'il vient faire là, à polluer l'air de cet endroit enchanteur, dédié à la pureté et à la sérénité de l'esprit, et non à la suffocation.

Grosse envie de l'interpeler, mais à quoi bon ? Il préfère rebrousser chemin.

Il retentera sa chance dimanche.

18

Dimanche : journée infructueuse.

Lundi : Roland décide de retourner en ville.

Il attend patiemment à l'arrêt du bus.

Une jeune femme vient se placer à ses côtés.

Instinctivement, Roland se rapproche d'elle, suffisament pour sentir son parfum.

La jeune femme pas du tout farouche, lui sourit.

- «*Bonjour Madame.* »

- « *Bonjour Monsieur.* »

- « *Désolé de vous avoir fait peur. Je voulais juste sentir votre parfum. Je suis vraiment désolé.* »

La jeune femme éclate de rire.

Ce rire lui rappelle quelque chose. Mais il réussit à éteindre cette désagréable sensation qui tente de refaire surface.

- « *Ne soyez pas désolé Monsieur.* »

Contre toute attente, la jeune femme ouvre son sac et retire un flacon dont le design est particulièrement soigné.

- « *Donnez-moi votre main.* » ordonna la jeune femme.

Roland obtempère et lui tend sa main gauche.

Alors, elle prend délicatement sa main, la retourne puis vaporise deux fois son précieux parfum sur la face interne de son poignet. Elle lui demande de secouer sa main quelques secondes avant de sentir.

Scène surréaliste.

Voilà où son obsession l'a conduit.

Cette conduite pouvant *(par les temps qui courent)* être assimilée à une agression qui pourrait l'entraîner par voie de conséquence au devant de graves ennuis.

Mais une chance pour lui : la jeune femme est d'humeur joyeuse et pas du tout farouche.

Un tel comportement ne lui ressemble pas. C'est un introverti et de sa vie entière, il n'a jamais osé le moindre geste déplacé envers une femme. Il ne sait pas faire la cour à une femme. Il n'a pas peur de la femme, mais il a toujours été en retenue face aux femmes. Ses aventures amoureuses se comptent sur les doigts d' une seule main.

Il la remercie et ne peut s'empêcher de comparer la fragrance de ce parfum vaporisé sur son poignet à celle du livre durablement gravée dans sa mémoire olfactive.

Trop citronné. Le parfum de la jeune dame n'a rien à voir avec celui des pages du livre.

- « *J'aime beaucoup !* »

dit-il hypocritement. En réalité extrêment déçu. Le hasard ne fait pas toujours bien les choses. Ce serait trop beau de tomber à cet arrêt de bus sur celle qui le rend fou depuis quelques jours et à cause de laquelle il a subi l'humiliation la plus insupportable de sa vie.

- « *Vraiment ?* »

- « *Oui !* »

- « *OK ! Mon copain n'aime pas du tout. Mais bon,* »

- « *Ne lui tenez pas rigueur pour cela. Vous savez, les goûts et les couleurs....* »

Vous connaissez bien le vieil adage. N'est-ce pas ? »

19

Mardi : reprise du rituel journalier.

Encore cinq jours pour résoudre l'énigme avant le retour à Paris. Il garde l'espoir d'y parvenir.

Mais au lieu de passer son temps à guetter l'hypothétique apparition de la dame au parfum musqué, Roland décide de joindre l'utile à l'agréable. Il lâche prise et profite de la clémence du temps et de l'environnement qui ne se limite plus systématiquement à l'espace boisé.

Pour les cinq jours à venir, il ne veut plus vivre dans ce questionnement permanent qui l'oblige à faire le procès de la providence qui ne lui a pas permis de retrouver la femme qu'il a imaginée depuis la découverte du livre sur le banc.

Désormais, sans perdre de vue pour autant ce lien subtile et olfactif qui la lie à lui, Roland comprend qu'il a atteint les limites de son rêve éveillé de débusquer cette femme qui va le hanter pendant un laps de temps au cours des prochaines années de sa vie.

Il parvient enfin à ce nécessaire silence intérieur, ce qui lui permet de remettre du rationnel au milieu de sa réflexion.

Il redevient Roland P. le spécialiste de la stratégie.

Prendre en compte les choses de manière abstraite ou bien, examiner chaque élément constitutif d'une énigme dans son environnement immédiat ?

Pourquoi ces deux semaines qui viennent de s'écouler, ne lui ont pas permis d'améliorer sa stratégie pour parvenir à la résolution de l'énigme ?

Comment peut-il penser parvenir à ce résultat en allant s'asseoir sur un banc et attendre une hypothétique apparition, alors qu'il était plus simple et plus sensé de mettre par exemple une petite annonce sur la porte vitrée du dépôt de pains ?

Tout le monde mange du pain, n'est-ce pas avec ou sans gluten ?

Mais les modèles mathématiques enseignés dans les universités ou dans les cursus des hautes études commerciales, ne préconisent probablement pas la prise en compte d'une petite annonce griffonnée sur un bout de papier dans la résolution d'une énigme quelle que soit sa nature.

Beau cas pratique à soumettre aux étudiants de première année.

Combien trouveront le moyen de faire du feu

en pleine nature sans leur briquet à moins d'avoir été un boy scoot dans leur jeune âge ?

Le livre parfumé

20

Après ce moment de répit au cours duquel Roland a retrouvé brièvement la clarté de son esprit, est venue le tourmenter, l'angoisse de son retour à Paris.

C'est la première fois dans sa vie entière qu'il quitte Paris. Il se prépare donc à expérimenter les sensations générées par son retour à la maison.

Vu de l'extérieur, cela peut paraître invraissemblable *(voire idiot)* de considérer le retour à la maison comme quelque chose de perturbant.

Perturbant à quel titre ?

Perturbant parce que son cheminement mental s'est inversé à la manière d'un changement de polarité ?

En effet, à la peur de découvrir la campagne il y a quelque semaines de cela succède la peur de retourner à Paris pour reprendre le cours de sa vie.

Une peur probablement générée par l'expérimentation *(dans la vraie vie)* des propos de sa mère biologique sur les affres du déracinement.

Mais nous pouvons légitimement nous demander, en quoi du repos pendant trois semaines à la campagne peut-il être considéré comme un déracinement ?

Les pensées négatives qui ont animé son esprit au moment de prendre la route vers la campagne, ne peuvent être dissociées de l'idée d'un déracinement au sens premier du terme selon son ressenti, selon sa croyance, selon sa vénération vis-à-vis de sa mère.

Roland était sorti de sa zone de confort lors de ce déplacement. Très vite, il s'est trouvé un centre d'intérêt *(la recherche de la femme parfumée)* lui permettant de résister à ce stress inévitable consécutif à la perte de ses repères.

Que sont devenus ces repères en son absence ?

Seront-ils là où il les aurait laissés ?

Serait-il en mesure à son retour, de les réintégrer dans son schéma mental ?

21

Dimanche, jour du retour à Paris.

Roland ne sait plus où il en est. Son obsession pour Paris n'a plus la même intensité. Sa mission n'est pas terminée.

Il persiste et signe.

Alors, une dernière tentative en fin de matinée s'impose, avant l'arrivée de maman Christine.

Ainsi, avant de quitter cet endroit, il aura mis toutes les chances de son côté pour réussir la fin de cette aventure.

Dans l'espace boisé, il s'installa sur le banc, désormais devenu le sien. Il connaît dans le moindre détail toutes les aspérités du bois avec lequel il a été fabriqué.

Comme d'habitude, il attend, en vain.

Midi approche.

Il doit rentrer pour son dernier repas à la table d'hôte.

Alors, sans savoir pourquoi, il se lève et dépose le livre sur le banc, exactement là où il l'avait trouvé.

Un dernier regard, puis il tourne les talons et d'éloigne sans se retourner.

A peine a-t-il fait quelques pas en direction de la maison d'hôte, qu'il entend une voix de femme l'appeler :

Le livre parfumé

- « *Hey Monsieur, Monsieur !* »

Il se retourne et voit arriver en trombe, une jeune femme brandissant le livre laissé sur le banc.

- « *Monsieur, vous avez oublié votre livre.* »

dit la jeune femme arborant un large sourire mais un peu essoufflée d'avoir couru vers lui.

- « *Mademoiselle, ce livre ne m'appartient pas. Vous pouvez le garder. Bonne journée à vous et bonne lecture !* »

Puis, il se retourne et poursuit son chemin vers la maison d'hôte.

Il sourit.

Il vient de transmettre le relais.

EPILOGUE

La meilleure définition de l'aventure que vient de vivre Roland, peut s'apparenter à celle de la fatalité.

Fatalité :

- Caractère de ce qui est fatal, de ce qui est inévitable.

- Sorte de nécessité, de détermination qui échappe à la volonté.

- Force qui pousserait vers un acte insensé.

A la question :

« Qu'est-ce que le fatalisme ? »

La réponse pourrait être :

« Doctrine suivant laquelle le cours des événements échappe à l'intelligence et à la volonté humaine, de sorte que la destinée de chacun de nous serait fixée à l'avance par une puissance unique et surnaturelle. »

Roland en acceptant de passer sa convalescence loin de Paris, a pu constater que ce n'est pas si tragique de quitter sa zone de confort, et que cela ne peut être assimilé à un départ en exil, à un arrachage, à un expatriation, à une extirpation.

Par conséquent, si l'on raisonne de manière irrationnelle, il serait tout à fait possible de conclure que la vie s'est chargée de lui démontrer le contraire des convictions léguées par sa mère.

De manière rationnelle, le conseil serait qu'il est temps de changer sa vision de la vie, que rien n'est plus important que de faire sa propre expérience pour se faire sa propre idée sur un sujet donné.

A tous les Roland.

F I N

Le livre parfumé
© *Nathanaël AMAH , 2021 NATHAM Collection*

Le livre parfumé

Le livre parfumé

Éditeur : BoD-Books on Demand, 12/14 rond point des
Champs Élysées, 75008 Paris, France
Impression: BoD-Books on Demand, Norderstedt,
Allemagne
ISBN : 9782322229796
Dépôt légal : Février, 2021

Le livre parfumé